AF402180

COMMENT

CELA FINIRA-T-IL?

PARIS,

LIBRAIRIE DE Mme Ve CELLIS, RUE DU CHERCHE-MIDI, N° 4;

Et chez {
AIMÉ ANDRÉ, quai des Augustins, n° 59.
Béchet, quai des Augustins, n° 57.
Delaunay, l'Advocat, Ponthieu, Corréard et Pélicier, au Palais-Royal.

1819.

AVERTISSEMENT.

~~~~~~~~

J'AI publié récemment un Ouvrage auquel j'ai donné tous mes soins (1). Les personnes qui en auront pris connaissance liront avec plus d'intérêt l'écrit que je présente; il en est le complément.

AZAÏS.

---

(1) *Jugement impartial sur Napoléon*, ou *Considérations Philosophiques sur son caractère, son élévation, sa chute et les résultats de son Gouvernement*, suivies *d'un Parallèle entre Napoléon et Cromwell, entre la Révolution d'Angleterre et la Révolution Française.*

A Paris, chez Aimé André, quai des Augustins, n° 59. Prix : 5 fr., et 6 fr. par la poste.
~~~~~~~~

[illegible]

[illegible]

[illegible] [illegible] [illegible] [illegible]
[illegible] (1) [illegible]
[illegible] [illegible]
[illegible] [illegible] [illegible]
[illegible].

[illegible]

---

(1) [illegible] [illegible] [illegible]
[illegible] [illegible]
[illegible] [illegible]
[illegible] [illegible]
[illegible] [illegible].

[illegible]
[illegible].

COMMENT

CELA FINIRA-T-IL?

Telle est, en ce moment, la question que chacun adresse, soit à lui-même, soit à toutes les personnes avec lesquelles il entre en relations. Il n'en est donc pas de plus importante.

Et la nature ainsi que l'universalité de cette question démontrent, en même temps, qu'elle est très-difficile à résoudre; car ce qui, à la fois, intéresse tout le monde, et cependant reste nébuleux pour tout le monde, ne peut être que tramé de complications et de mystères.

Aussi, je m'empresse de le dire : les solutions que je vais présenter ne sont point, à mes yeux, absolues et inévitables. Ne possédant point, à beaucoup près, toutes les données du problème, certain même que nul homme, quelle que soit sa

position, ne les possède avec précision et en to-
talité, je ne puis qu'indiquer ce qui se montre
à moi comme de fortes vraisemblances. Pour
me guider moi-même, j'examinerai d'abord avec
toute l'attention dont je suis capable, et toute
l'impartialité dont j'ai le devoir et l'habitude,
notre situation morale et politique; je rappor-
terai les faits qui frapperont mes regards à ce
que ma pensée me présentera comme leurs
causes immédiates; et, de ce rapprochement
entre les faits et leurs causes, naîtra l'indication
de ce que, dans un avenir prochain, nous avons
à redouter ou à espérer.

Depuis quelques années une inquiétude pro-
fonde agite périodiquement la France; voilà le
fait le plus incontestable, le plus frappant. Mais
aussitôt que cette remarque devient l'objet d'une
réflexion attentive, elle se répand sur une plus
grande étendue; on reconnaît alors que presque
toute l'Europe est également dans le trouble et
la fermentation; un seul Etat, la Russie, semble
devoir rester paisible au milieu de la tourmente
générale; l'Empire de Russie est encore très-
reculé en civilisation, et sa population est encore très-inférieure à celle que son immense
territoire pourrait nourrir.

Dès le premier aperçu, on est donc porté à conclure que l'Europe civilisée s'agite parce qu'elle est trop pleine d'habitans, et que, par l'effet de cette civilisation avancée, qui donne à chaque individu plus de besoins, plus d'activité, plus de ressort, plus de talens, plus d'intelligence, il se trouve que l'exigence générale est portée indéfiniment au-delà de ce que le territoire et la Société peuvent satisfaire ; en sorte qu'un très-grand nombre d'hommes, retenus forcément dans une sphère beaucoup trop étroite pour leurs désirs, leur tempérament, leurs moyens personnels d'extension et de jouissances, trépignent, pour ainsi dire, contre cette contrainte oppressive. En pareil cas, la plainte, l'injustice sont au moins un soulagement ; en accusant les Gouvernemens, en blâmant les institutions, en adressant de violentes apostrophes à toutes les choses qui gênent, à tous les hommes que l'on rencontre sur la route de ses désirs, on exhale du moins une partie de la cause intérieure de tant de besoins et de souffrances ; on crie avec effort, sans songer s'il y a du sens et de la raison dans les sons que l'on articule ; on crie, parce que c'est toute l'action que les obstacles permettent ; on essaie du moins de les ébranler par des cris.

Ce besoin vague et indéfini d'action impétueuse pressait déjà la France, il y a trente ans; et telle fut la cause déterminante de son impétueuse Révolution. Bien des mouvemens de l'esprit se mêlèrent à l'influence de cette cause, ou plutôt lui donnèrent une forme, un caractère et un but; mais, quel que fût, en ce moment, le progrès des idées et la tendance vers l'égalité que ce progrès imprimait, il me paraît certain que si la France, en 89, avait pu acquérir subitement un territoire neuf, fertile, d'une grande étendue; si des colonies d'une exploitation facile et séduisante eussent pu sortir du sein des mers exclusivement en faveur des Français; ou enfin si, entraînés par un appât de gloire, par de grandes passions nationales, ils eussent pu se livrer avec succès à des entreprises guerrières, à des entreprises consumant, sur des plages éloignées, beaucoup d'hommes et d'ardeur, à de telles conditions, ils eussent supporté, sans gémir, les institutions anciennes; ou plutôt, le changement d'institutions se serait fait sans secousses, et uniquement par l'effet du changement progressif et invincible dans les idées et les mœurs.

Le long et pacifique ministère du cardinal de Fleury contraignit, en France, la population in-

dustrieuse et mécanique, et la population libérale et intellectuelle, à s'entasser fortement sur
elles-mêmes. La fermentation de l'industrie et
celle des idées naquirent de ce double entassement.

Napoléon épancha l'un et l'autre; c'est ce qui
rétablit la tranquillité. Il fut démontré alors que
la France n'était pas précisément avide de telle
ou telle Constitution sociale, mais d'une forme
de Gouvernement et d'une situation qui pussent
lui procurer une action spacieuse et éclatante;
car, sous la Dictature la plus prononcée, la satisfaction publique se manifesta cependant avec
enthousiasme; le pouvoir franc et absolu de
Napoléon, ainsi que l'harmonie sociale, dérivè-
rent surtout de ce qu'il sût fournir de l'emploi à
tous les genres d'activité.

Mais bientôt, emporté par ses succès, par son
propre caractère, et par l'enivrement que cau-
sait généralement en France cette activité satis-
faite, il depassa toute mesure de raison et de
justice; il voulut contraindre, en faveur de la
France, toutes les Nations de l'Europe à laisser
se concentrer chez elles, et leur population mécanique, et leur population libérale; de cette
violence outrée résulta une réaction terrible, et
qui ne pouvait manquer de devenir victorieuse;

car, dans les luttes mutuelles des peuples, lorsqu'ils sont trop forts et trop acharnés pour ne
pas s'être rendus inconciliables, celui qui fut
l'agresseur est toujours le premier épuisé.

A la chute de Napoléon, les vainqueurs s'ar-
rêtèrent dans leur vengeance; ils réduisirent la
France à son ancienne étendue; mais ils ne ten-
tèrent point d'effacer de l'Europe le Peuple Français. Ce fut sans doute un acte de sagesse; ce ne
fut pas moins un acte magnanime : lorsqu'après
d'immenses difficultés et d'effrayans périls on
saisit enfin l'avantage, ce n'est pas sans effort,
par conséquent sans mérite, que l'on écoute la
modération et la prudence.

Par l'effet des plus violentes catastrophes,
toute l'impétuosité française fut donc refoulée
vers l'ancien territoire de la France, condensée
entre ses limites, et là, forcée au repos. Ce ne
furent pas seulement les guerriers qui reçurent
des événemens l'injonction impérative de ren-
trer dans leur étroite Patrie, et d'y rester paisibles; mais des milliers de Français, que Napoléon avait répandus comme administrateurs dans
les pays conquis, abandonnèrent forcément ces
contrées, et refluèrent vers le cœur du ci-devant
Empire; ils y portèrent leurs besoins, leurs ha-

bitudes, leurs regrets; en même temps, un grand nombre d'hommes, ennemis naturels de la Révolution, mais que le temps et la nécessité avaient déjà presque soumis à sa puissance, ouvrirent subitement leur âme à des espérances, et les convertirent en droits!.....

Ainsi, de tous les points de l'horizon, s'élançaient à la fois, vers le Gouvernement Français, des torrens de prétentions, de réclamations, d'exigences; et, tandis que, pour les satisfaire, la France aurait eu besoin, plus que jamais, d'être prospère et expansive, elle n'éprouvait qu'affaiblissement, engorgement, compression!

Lorsque l'on recule, par l'imagination, vers cette situation affreuse, on frémit d'épouvante: on se demande s'il est bien vrai que la France existe encore, et si, avec tant de foyers de haine, de jalousie, de discorde, la guerre civile n'a pas dévoré ses habitans!...

Pas encore! c'est du moins ce que l'on a le bonheur de pouvoir répondre; et, à ce bonheur, à cette surprise, s'enchaînent aussitôt de profonds sentimens de reconnaissance pour le Gouvernement qui, traversant avec nous tant d'abîmes, a pu nous empêcher de périr.

Oui! il faut que, dès le retour du Roi en 1815, nous ayons eu, sans cesse, un Gouvernement parfaitement convenable à la situation de chaque jour ; puisque la guerre civile n'a pas éclaté, chaque jour lui fournissant des occasions violentes, des occasions nouvelles, les diverses compositions du Ministère n'ont pu être qu'une succession de mouvemens politiques appropriés, chacun, à la nature des circonstances qui, en ce moment, rendaient nécessaire celui-là et non un autre. Nos divisions intestines ne cessant d'être acharnées, et un seul prétexte de plus, jeté vers l'un des côtés de l'arène, devant nous transformer tous en gladiateurs, le Roi, qui ne pouvait étouffer les prétextes, a dû les tenir attentivement en balance, afin que, se dévorant les uns par les autres, ils pussent du moins suspendre nos combats.

Ainsi, lors même (et je suis loin de le penser), lors même que nous serions aujourd'hui à la veille de nous précipiter les uns sur les autres, et d'exterminer nous-mêmes notre patrie, je dirais encore : honneur et reconnaissance à la main ferme et habile qui, du moins pendant quatre ans, a retardé notre trépas.

Tout ce que je viens de dire semble néanmoins nous conduire à regretter que le Roi, en reprenant le sceptre, ait cédé à des inclinations trop généreuses. Puisque tant d'élémens d'une affreuse discorde se précipitaient à la fois sur le sol de la France, le Roi, trop éclairé pour n'être pas prévoyant, ne devait-il pas saisir temporairement une Dictature formidable, proclamer la Charte constitutionnelle, mais la déposer sur l'Autel de la Patrie, en jurer d'avance l'établissement solennel, l'exécution littérale ; mais, avant de la mettre en exercice, attendre que les passions fussent affaiblies, que l'entassement des combustibles fût dispersé ; que le temps, l'expérience, aidés par la fermeté et l'impartialité du pouvoir, eussent ramené, en France, la modération des idées et le calme des mouvemens ?

Sans doute, cette marche était indiquée par bien des considérations puissantes ; mais elle était combattue par une considération majeure, par une considération qui, en ce moment, devait être préférablement écoutée, parce qu'elle était la plus pressante de celles qui naissaient immédiatement de notre situation. Toutes les passions étaient en présence, mais elles n'étaient pas en équilibre ; celles des hommes que la Révolution avait longuement et fortement opprimés, se trouvaient, en ce moment, favorisées par l'influence spéciale des derniers événemens ; c'était au profit de l'ordre ancien, que l'Europe sem-

blait avoir vaincu la France; telle était, du moins,
la persuasion, non-seulement de tous les mécontens contre-révolutionnaires, mais encore
d'une grande partie des mécontens attachés aux
intérêts et aux principes de la Révolution; il
était impossible que, dans une telle disposition
des esprits, le Pouvoir suprême, s'il ne s'était
appuyé que sur lui seul, eût pu se défendre d'être
entraîné beaucoup trop loin par les contre-révolutionnaires. Pour résister à leur impulsion,
pour braver victorieusement l'immodération de
leur exigence, il aurait fallu que le Roi eût, à
ses ordres, une armée, nombreuse, dévouée,
disciplinée, et nullement délibérante, une armée
qui, par tous les points de sa masse, fût étrangère
aux intérêts de la Révolution et à ceux de la
Contre-Révolution.

C'est ce que le Roi ne possédait pas. Tous les
hommes en état de porter les armes étaient, dans
un sens ou dans l'autre, plus passionnés que les
simples citoyens; organiser leurs secours, les
mettre en œuvre, c'était marcher par la voie la
plus prompte à la guerre civile; c'était, pour
ainsi dire, mettre le feu aux poudres, et précipiter l'explosion même que l'on voulait éviter.

Le Roi ne pouvait donc invoquer, à l'appui
de son impartialité, qu'une seule force, celle

de l'opinion nationale; il lui était par conséquent nécessaire de donner à cette force une existence politique, de la revêtir d'une forme imposante, de l'exciter à parler, à se prononcer.

La Constitution représentative répondait seule à ce besoin pressant; il fallait donc, sans délai, la mettre en exercice; et l'on vit bientôt jusques à quelle profondeur avait pénétré, dans le sein de la France, l'impulsion contre-révolutionnaire; l'exaltation des ennemis de la Révolution et l'abattement de ses partisans amenèrent la formation d'une Chambre élective, dans laquelle la Contre-Révolution se trouva fortement en prépondérance; mais elle fut si naïve, si brusque, dans ses mouvemens d'invasion, qu'elle ranima, par réaction, toute la vigueur de l'opinion nationale; celle-ci s'irrita, se révolta; elle fit au Gouvernement un appel énergique. Le Gouvernement entendit sa voix, s'appuya sur sa puissance. Le 5 septembre, en donnant à la France nouvelle une satisfaction éclatante, prévint son désespoir; il n'y eut pas de bouleversement.

Depuis ce jour mémorable, l'Ordre ancien fut mis dans l'impossibilité d'arrêter impérieusement les mouvemens nécessaires, mais non de les suspendre, de les entraver, de leur faire subir une opposition quelquefois salutaire; l'Ordre nouveau, impétueux par sa nature, rendu encore plus véhément par sa victoire, exigea à son tour, précipita, du moins par ses réclamations ou même ses injonctions, la chute de l'Ordre ancien; il trouva, dans le Gouvernement, une lenteur généreuse, une demi-condescendance, guidée par la sagesse. La Révolution marcha vers son terme nécessaire, mais avec hésitation, difficulté, avec les tâtonnemens imposés aux Ministres du Roi, non par la timidité, mais par l'excessive divergence des opinions, et l'excessive complication des circonstances.

L'inconvénient majeur de cette hésitation forcée fut, pour le Gouvernement, de ne pouvoir donner, à la plupart de ses déterminations législatives, qu'un caractère provisoire; un inconvénient plus grand encore fut de placer quelquefois de l'excès dans ces déterminations. Lorsque les Etats sont parvenus à une situation critique, l'oscillation des esprits est le fruit de la crise même, et le Gouvernement est, de toute nécessité, tributaire de cette oscillation, au moins jusques à un certain point; s'il avait la faculté de la prévenir, ou de ne pas s'y soumettre, l'Etat serait paisible, la crise n'existerait pas.

Il était impossible que les Ministres, à l'instant où ils proposaient une loi organique, ne fussent pas entraînés , plus ou moins, par l'influence de l'impulsion qui était dominante au moment où ils faisaient cette proposition ; et les hommes judicieux, modérés, les Écrivains sages, patriotes, et généralement tous les organes estimables de l'opinion publique ne pouvaient manquer de céder aussi à cet entraînement. De là devaient résulter, tantôt dans un sens, tantôt dans le sens opposé, des imperfections notables , produisant, dans l'action sociale, certains effets trop prononcés.

Par exemple, il est possible que la Loi des Élections ait reçu naissance pendant la durée d'une des phases spécialement libérales et démocratiques. Je n'affirme point que, considérée en elle-même et dans ses rapports avec la Charte, elle soit vicieuse par excès de tendance vers la démocratie ; je dis que cela pourrait être , parce que , à l'époque où cette loi importante a été proposée, discutée, toute la partie judicieuse et modérée de la nation française était encore effrayée du régime que l'on essayait en 1815, et, par conséquent, tendait à se jeter vers les idées et les institutions opposées à ce régime fatal.

Pour une raison semblable, il est possible que, dans le moment actuel, où, très-indépendamment de toute influence du Roi et de ses Ministres, le mouvement général de l'opinion se porte fortement en arrière des idées et des institutions démocratiques, la Loi des Elections, telle qu'elle a été rendue, soit jugée avec un excès de sévérité monarchique, en sorte qu'elle fut encore approuvée par les hommes éclairés et judicieux qui ne la considéreraient qu'abstraitement et en théorie, qui, pour cela, se placeraient en un point de vue absolument isolé et indépendant.

Je dois avouer du moins que dans ma pensée, et je l'affranchis, autant qu'il m'est possible, de toute impulsion transitoire, je vois encore la Loi des Elections comme je la voyais l'année dernière, bonne en soi, et appropriée à la Monarchie représentative; dans une telle Monarchie, essentiellement composée de trois pouvoirs en exercice, la Démocratie, l'un de ces trois pouvoirs, doit être directement représentée, et posséder, au sein de l'Etat, une force qui lui appartienne, une force constituée de manière à se mettre par elle-même à l'abri de toute usurpation.

Il me semble encore que la Loi des Elections est faite dans cet esprit; et telles sont les raisons qui, l'année dernière, m'excitaient à la défendre; aujourd'hui, je la défendrais également en prin-

cipes, dans tout ce qui lui est directement es-
sentiel ; c'est-à-dire, que je n'abandonnerais,
comme accessoires susceptibles de modifications,
que le mode de renouvellement et la fixation de
l'âge des députés; le renouvellement intégral et
l'âge de trente ans me sembleraient plus conve-
nables.

J'ajouterai maintenant que, guidé par le même
besoin de tout peser, de tout considérer, je me
demanderais si une Loi, bonne en principes, ne
peut pas être rendue inapplicable, ou même
funeste, par l'état particulier et accidentel du
corps social auquel elle est destinée? Je me rap-
pellerais que, d'après l'expérience fréquente de
ma vie, ce qui m'a été agréable et salutaire dans
une certaine situation de corps et d'esprit, m'est
devenu fatal dans une situation différente; d'où
j'ai contracté l'habitude, mon vœu naturel étant
la conservation de mon existence, de consulter,
avant toutes mes déterminations, la situation de
mon corps et celle de mon esprit.

Il serait donc possible, si j'avais l'honneur de
siéger dans la Chambre des Députés, que mes
propres observations, celles de mes collègues,
et les informations qui me seraient données par
le Gouvernement, se réunissent pour me con-
vaincre que la Loi des Élections, textuellement

suivie pendant quelques années encore, entraî-
nerait le bouleversement de la Monarchie. Alors,
je ne balancerais point à la rejeter.

Mais existe-t-il réellement aujourd'hui des
circonstances politiques qui rendent l'exécution
littérale de cette Loi d'un péril imminent?

A ce sujet, je commence par déclarer que
telle est ma confiance dans la sagesse du Roi,
ainsi que dans le zèle et la sagacité de ses Ministres, que je considère ce péril comme très-
vraisemblable, par cela seul que le Roi l'a dé-
noncé.

De plus, je regarde autour de moi; j'écoute,
je lis, j'observe sans préventions, et je reconnais
que, depuis l'année dernière, il s'est élevé parmi
nous une cause imminente de trouble, de sédi-
dition, d'anarchie, surtout d'avilissement na-
tional. Cette cause est la Liberté de la Presse.

Elle n'existait pas cette liberté imprudente à
l'époque où la loi des Elections était discutée;
elle n'a été même emportée, arrachée, que depuis le moment où, l'année dernière, une at-
taque insidieuse contre la Loi des Elections fut
repoussée avec une vigueur remarquable. La
proposition de M. Barthélemy provoqua subitement, de la part de l'opinion nationale, une

resistance franche, prononcée, invincible, et, cette année, l'intention formellement déclarée, par le Gouvernement même, de modifier la Loi des Élections est très-loin d'exciter les mêmes clameurs! Elle est même sincèrement accueillie par un grand nombre d'hommes qui, l'année dernière, l'auraient repoussée avec une énergie non moins sincère.

D'où peut venir une différence si frappante, et sur un objet aussi important? On ne saurait en douter : de ce que, par l'effet malheureux de la licence de la presse, les folies et les fureurs de 93 ont semblé prêtes à se renouveler. Une épouvantable émulation de violence et d'injustice s'est manifestée dans les deux sens extrêmes. Chaque Écrivain, attaché d'abord avec mollesse, peut-être même avec sagesse, aux intérêts d'un parti, a été rapidement poussé hors de toute mesure par ses concurrens dans la même carrière; chacun, pour se faire remarquer, a enchéri sur les déclamateurs qui le précédaient, et sur ses propres déclamations; de part et d'autre, on a bravé toute honte, on a immolé toute vérité, toute justice; on a si effroyablement multiplié la diffamation et l'insulte, que l'on a presqu'éteint cette noble susceptibilité qui distinguait les âmes françaises; l'honneur, fatigué de souffrir, sans pouvoir se plaindre, sans pouvoir se venger, s'est presqu'éteint dans l'indifférence !.. Il existe encore ; je me hâte d'en citer un témoignage, mais qui m'a frappé d'inquiétude.

Un homme que, depuis trente-cinq ans, je connais pour n'avoir jamais cessé d'être profondément estimable ; un homme qui, dans les situations les plus périlleuses, a montré un courage invincible, et qui, aujourd'hui, membre de la Chambre des Députés, bravera la mort, s'il le faut, pour sauver la Monarchie, ne bravera point, m'a-t-il dit, les invectives des journaux ; pénétré d'une aversion égale pour les extrêmes, il votera toujours pour la raison, de quelque côté qu'elle émane ; mais il ne montera point à la tribune. Certain que ses intentions, si conciliantes et si sages, seraient, dès le lendemain, conspuées, et empoisonnées ; que, dans sa province, les préventions des hommes aveugles, et la haine des méchans, seraient excitées contre lui, contre ses amis, contre sa famille ; n'ayant aucun moyen de poursuivre des injures, des actes de mauvaise foi, de perfidie, dont le nombre et la violence assureront l'impunité, il se taira !... et la voix du patriotisme, de la bonté, de la vertu, sera muette devant le Despotisme de la licence !.....

Ce fatal découragement qui, j'en ai la certitude, s'étend aujourd'hui à un grand nombre d'hommes parfaitement en état de parler et d'écrire, était inévitable. Dans les temps d'agitation et de crise, la Presse ne peut manquer de devenir le patrimoine presque exclusif des hommes insidieux et des hommes violens. La raison en est que, dans les temps d'agitation et de crise, il y a un grand nombre d'hommes qui souffrent, non par le seul effet des fautes ou de la faiblesse de l'autorité, mais principalement par la force cruelle et impérieuse des circonstances. Il y a donc alors, quoi que l'on puisse faire, beaucoup de mécontens, et cela surtout parmi les hommes des classes peu éclairées. Les hommes de ces classes sentent vivement leurs maux, leur privations, et sont très-loin de pouvoir les rapporter à leur véritable cause. Si l'autorité, qui, déjà, est pour eux un objet d'envie, parce qu'elle est naturellement accompagnée d'éclat et de fortune, leur est encore montrée comme la source immédiate de leurs peines, ils s'animent contre elle d'une haine enflammée, et, par une conséquence de cette animosité, ils voient, au contraire, leurs protecteurs, leurs amis, dans les Ecrivains qui les ont exaspérés; à leur tour, ils soutiennent ces Ecrivains, ils enflamment leur ambition turbulente ; ils leur disent : allez , marchez ; nous sommes à vous ; attaquez le pouvoir , renversez, détruisez ; vous prendrez la meilleure part dans les débris ; mais vous n'oublierez pas vos auxiliaires.

Telle est l'explication de cette vogue funeste qui, aujourd'hui, comme aux premiers temps de la Révolution, est obtenue par les écrivains exagérés ; les opinions emphatiques ne sont, aujourd'hui comme alors, que le voile de passions exclusives. Aujourd'hui, comme alors, on dit : *A bas les modérés*, parce que le triomphe de la modération est tout ce que l'on redoute ; et l'on oublie , ou l'on feint d'oublier que, Napoléon, pour régner, pour relever l'Etat, pour reconstruire la Monarchie , pour satisfaire la véritable opinion publique , ne fit autre chose que prendre en main la cause de la modération, et la mettre sous la protection de la force. Il commanda la fusion réciproque des intérêts et des opinions.

Les temps sont changés, et les inclinations sont différentes, Louis XVIII ne veut point commander aux opinions de s'humilier sous sa puissance, ni aux intérêts de fléchir sous ses lois ; mais il sollicite les opinions de se concilier, et les intérêts de se faire mutuellement des sacrifices. Pour organe de ses vœux paternels, pour

Ministre principal de ses volontés généreuses, il présente aux Français un homme doux et ferme, vif et patient, courageux et aimable ; un homme qui, par ses opinions, son caractère, toute sa conduite, toute sa personne, est la modération vivante et attentive, est la prudence en mouvement, la tolérance en action ; et c'est contre un homme si convenable aux sentimens du Roi et aux besoins de la patrie, que l'on ose exciter les préventions populaires ! Quoi ! c'est M. Decazes que l'on accable d'imputations et d'injures ! Pour qui donc seront faites la reconnaissance et l'admiration ? Ah ! justice lui sera rendue ; n'eût-elle d'autre voix que celle de mon cœur !

Oui ; je saurai un jour, avec détails, avec précision, tout ce que j'entrevois aujourd'hui, et je le dirai avec chaleur ; je le persuaderai aux âmes équitables. Dès le principe de son administration, M. Decazes n'a cessé d'être le sauveur de la France ; chaque jour, à tous les biens qu'il répand, il faut ajouter la somme, hélas ! bien plus grande, des malheurs qu'il empêche ; toute mon attention, toute mon impartialité rassemblant, dans ma pensée, les conditions si difficiles, si délicates, de sa position, je le vois sans cesse occupé de prévenir des froissemens terribles ; et, pour cela, de se placer courageusement entre deux masses violentes toujours prêtes à se choquer; il les arrête par sa fermeté; il les calme par sa raison; il les désarme par son adresse; ses formes insinuantes, sa bienveillance réelle, achèvent l'ouvrage de son ardeur, de son habileté.

Et l'on se permet d'outrager un homme si nécessaire, si bienfaisant! Que veulent donc ceux qui s'acharnent contre lui avec tant de colère! Ah! je l'ai dit; ils veulent que nos malheurs se consomment, que les mécontens s'exaltent, qu'ils accusent de leurs souffrances celui qui ne s'occupe que de les adoucir; que, dans un accès d'irritation aveugle, ils renversent toutes les barrières posées par sa main généreuse; et alors les deux torrens se précipiteraient l'un vers l'autre! et alors notre belle France se convertirait en une arène sanglante, où l'on ne verrait que des champs ravagés, des habitations en ruines, des cadavres entassés?... *Quod omen Deus avertat!*

Il sera détourné, cet horrible présage; le Roi ne perdra point les fruits de sa noble sagesse; la vigilance de l'homme, selon son cœur et sa pensée, ne se fatiguera point; sa longanimité ne sera point rebutée; l'injure et l'injustice expireront bien long-temps avant de l'atteindre; son âme restera inaccessible aux sentimens d'amertume;

des hauteurs d'un patriotisme stoïque, elle ne descendra point à l'atmosphère des passions.

Rentrons maintenant dans l'objet de cet écrit.

Comment le Roi, aidé des conseils, du zèle, de l'affection de M. Decazes, achevera-t-il l'œuvre de notre pacification sociale? Coment disposera-t-il l'ordre ancien à accepter sans irritation les changemens nécessaires, et l'ordre nouveau à recevoir paisiblement, dans son édifice, bien des colonnes qui firent l'ornement et la force des édifices anciens? Des distinctions permanentes, des institutions aristocratiques, indispensables dans une Monarchie, pourront-elles être établies, ou même préparées, dans une situation de choses rendue essentiellement instable, convulsive même, par le froissement continu de tous les intérêts? Et si, à l'aide de la liberté de la presse, la masse énorme de mécontens qu'il est impossible d'apaiser, reste livrée à l'agitation que les hommes passionnés seront toujours maîtres de lui imprimer, quelles formes conservatrices pourra-t-on donner à la Loi des Elections? Quelques précautions que l'on prenne, le pouvoir électoral, pouvoir naturellement factieux et turbulent, ne tombera-t-il pas inévitablement entre les mains de la démagogie? Suspendra-t-on la

Liberté de la Presse? le jugera-t-on possible? le jugera-t-on prudent? et, dans toutes les mesures qui n'attaqueront pas directement la cause de nos souffrances, que pourra-t-on jamais voir, si ce n'est des palliatifs impuissans?

Or, nous l'avons définie cette première cause de nos souffrances. La France, éminemment industrieuse, éminemment éclairée, éminemment active, manque d'occasions suffisantes d'appliquer son industrie, ses lumières, son activité. Fermez un vase où bouillonnent des substances fortement expansives, et tous les produits s'altéreront, et le vase même finira par éclater. Choisissez un arbre vigoureux, et qui croît sur un sol fertile; gênez sans cesse l'extension que sa vigueur sollicite, repliez vers le tronc les branches, les rameaux, les fruits; et, s'il ne parvient point à surmonter vos efforts, vous le verrez se dégrader et périr.

Prenons, dans les sociétés européennes, une image plus frappante encore. L'Angleterre souffre violemment; et de quoi? uniquement de concentration, uniquement de la stagnation, sur son territoire, des résultats de son excessive prospérité. Sa constitution, quoique fortement armée d'habitudes opiniâtres et d'institutions préservatrices, ne se défend qu'avec la plus grande

peine contre un nombre immense d'hommes in-
dustrieux, actifs, que les événemens ont rendus
subitement surnuméraires, et que la détresse,
l'oisiveté, livrent aux impulsions des factieux.
Portez de nouveau, au loin, cette masse sura-
bondante; employez ces hommes énergiques
d'une manière qui convienne à leur ardeur, et
tout rentrera dans l'ordre, parce que tout se
mettra en équilibre; et la Constitution anglaise,
malgré les imperfections que le temps lui a données, reprendra sa marche grave et assurée; on
n'entendra plus autour d'elle de cris séditieux.

Que de même, en France, notre Constitution
représentative soit rendue parfaite en théorie,
cela sera loin de suffire. Par cela même qu'elle
sera très-bonne, elle fécondera tous les genres
de facultés humaines; elle augmentera l'exigence générale ; elle disposera la société entière
à une plus violente fermentation.

Ce qu'il faut donc obtenir, en faveur des Français, en faveur de la Constitution, en faveur de
l'ordre, de la liberté, de la Monarchie, de la
paix publique, c'est un emploi extérieur de l'industrie, de l'intelligence, de l'activité françaises;
c'est de l'espace, et des moyens de développement.

Vainement on chercherait, au sein même de

la France, ces moyens et cet espace. Notre Constitution libérale, nos beaux-arts, nos mœurs, notre bien-être, attirent toute notre population vers nos grandes villes, impriment à leurs habitans des besoins, et leur donnent des idées qui ne leur permettent plus de retourner vers les travaux obscurs et solitaires des campagnes. Nos jeunes citadins, nos artisans même, aimeraient mieux mourir de misère dans les rues de Paris, que d'aller dessécher des marais ou défricher des bruyères.

Ce qu'ils aimeraient mieux encore, même que de vivre assez bien dans les rues de Paris, ce serait de former des bataillons, et de marcher de nouveau à la conquête de l'Europe : pour écraser et dépouiller tous les peuples, ils renonceraient de grand cœur à la liberté. Mais, lors même que la possibilité ne leur en serait pas enlevée par la situation politique et militaire de tous les Gouvernemens européens, ce moyen d'emploi et d'écoulement devrait être écarté soigneusement par le Gouvernement du Roi de France; car il donnerait inévitablement la mort à toute constitution représentative. Désormais, en Europe, il y aura incompatibilité entre une guerre continentale et une constitution.

(31)

Quelle ressource me reste-t-il donc à indiquer?
Voici celle que, du moins à mes yeux, les événemens amènent :

L'Espagne possédait l'Amérique méridionale;
elle n'a pas su, ou elle n'a pas pu la conserver.
Par le fatal concours d'une administration mal-
heureuse et d'un fléau épouvantable, toute la
puissance espagnole semble évanouie; l'Amérique méridionale va être livrée à elle-même.

Mais celle-ci ne se peuplera point de sociétés
indépendantes, en état de lutter contre les peuples d'Europe, ou contre ceux de l'Amérique
septentrionale; la Nature ne le veut pas; et la
Nature est plus forte que la volonté des hommes.

J'ai exposé cette intention de la Nature dans
un ouvrage que j'ai publié, il y a deux ans (1).
Je crois avoir rassemblé assez de faits et de rai-
sonnemens pour démontrer que toute l'Amérique méridionale, et, plus généralement, tout
l'hémisphère austral, est destiné, *par la Nature,*
à être éternellement tributaire de l'hémisphère
boréal. *Par la Nature :* j'ai soin de le répéter;
parce que, si je ne me suis pas trompé, si la Na-

____

(1) *De l'Amérique,* ou *du Sort actuel et du Sort
futur de ce grand Continent.*

Chez Béchet, quai des Augustins, n° 57. Prix : 1 f. 50 c.

ture a réellement établi cette suprématie de notre hémisphère sur l'hémisphère austral, il nous serait inutile de ne pas vouloir l'exercer : elle viendra nous chercher ; il est plus raisonnable d'aller au-devant d'elle.

Les lecteurs de mon ouvrage sur l'Amérique ne douteront pas, je crois, de cette suprématie inévitable. J'ose dire, de nouveau, que je l'ai démontrée : et les observateurs de la situation actuelle de l'Europe reconnaîtront aussi, sans doute, que le moment est venu où tous les Peuples de cette contrée, unis et solidaires, doivent acquérir ensemble, et solidairement, les droits et les avantages d'une confédération métropolitaine. Ils doivent projeter au loin tous les résultats de leur exubérance. L'histoire de l'antiquité nous montre tous les peuples formidables ne se sauvant d'eux-mêmes qu'en fondant des colonies ; et cependant, chez tous ces Peuples, moins formidables encore que les Peuples Européens, les classes livrées aux travaux mécaniques étaient esclaves, et, ce qui est plus important peut-être, l'imprimerie n'existait pas en faveur des classes livrées au développement de l'esprit.

Que tous les Souverains de l'Europe, aujourd'hui si concordans d'intentions et de principes, préparent donc, à frais communs, l'exploitation de la plus magnifique contrée; elle est lointaine; elle est déserte; elle est pompeuse; elle a tout ce qu'il faut pour attirer les hommes avides de fortune, d'aventures, de spectacle, de grands mouvemens; et les insurgés, qui vont cesser de l'être, puisqu'ils n'auront plus d'anciens possesseurs à combattre, ne pourront cependant organiser des Gouvernemens stables, réguliers. N'ayant pour auxiliaires que des indigènes condamnés, *par la nature,* à une insurmontable indolence, tombant eux-mêmes dans l'indolence aussitôt qu'ils seront paisibles et acclimatés, ils ne pourront qu'appeler des spéculateurs et des soldats de notre hémisphère, et concourir ainsi aux établissemens des Puissances qui leur enverront des spéculateurs et des soldats.

Que les Européens et les Américains du Nord se concilient pour se présenter ensemble, et avec tout le balancement de forces et de projets que peuvent indiquer l'équité et la haute politique. Ici, il ne faut point d'usurpation particulière; le Peuple de notre hémisphère, qui voudrait prendre les devants sur tous les autres, les exclure d'avance, ou du moins, en les gagnant de vitesse, fonder sa suprématie exclusive, ne

ferait qu'exciter à l'instant une coalition générale; c'est ce peuple même qui serait exclus. Le
temps viendra sans doute où les diverses colonies,
se touchant, se gênant, entreront en collision
mutuelle; mais ce temps est éloigné; aujourd'hui
elles peuvent s'établir en paix et avec harmonie,
je le répète : par l'effet de circonstances extraor-
dinaires, et qui ne se sont point encore présen-
tées depuis la naissance du globe; de grandes
nations, arrivées ensemble aux mêmes besoins,
peuvent se concerter pour prendre, solidairement et amicalement, possession d'un continent
immense que la Nature leur consacre, et qui,
précisément, devient vacant, à l'instant où il
leur importe si vivement de le saisir.

Et n'oublions pas que, pour le repos social
de toutes, il faut que chacune s'étende, se déve-
loppe, sur des plages lointaines. Si toutes, excepté
une seule, se déchargeaient, au loin, des hommes
qui les inquiètent, celle-ci passerait bientôt sous
le joug de nouveaux tribuns qui, plus rapidement encore, amèneraient sur la scène du monde
un nouveau Napoléon; l'Europe serait envahie,
tous les gouvernemens seraient renversés.

Il faut donc que, dans ce grand mouvement destiné à pacifier le monde, en consommant la Révolution Européenne, tous les peuples marchent

à la fois, comme, dans les mouvemens ordinaires,
les provinces d'un même empire. . . . .
. . . .

Quelle part, dans les résultats de ce grand
mouvement, doit être assignée à la France? c'est
ce que je ne me permettrai point d'indiquer,
pas même de chercher par une curiosité per-
sonnelle; parce que ce serait gratuitement que
je m'exposerais à m'égarer. Un Écrivain soli-
taire peut réfléchir sur les besoins généraux et
les exposer avec franchise; mais là finissent ses
devoirs et sa compétence; il laisse l'application
des principes aux hommes éclairés qui siégent
dans les cabinets des Souverains. . . . .
. . . .

Je résume mes pensées relativement à la
France. . . . .

Sous l'autorité, et par l'impulsion auguste
d'un Monarque sage, prévoyant, judicieux, la
direction de l'État est confiée à une réunion
d'hommes pleins de patriotisme, de zèle, de lumières. Les intentions du Roi ont plus specia-
lement pour organe un Ministre qui, aux yeux
des hommes justes, possède toutes les qualités
demandées par sa situation et par la nôtre.

Notre situation politique ressemble à la situation organique d'un individu naturellement plein

d'ardeur et de force, mais qui ne pouvant les déployer hors de son sein, est constamment exposé à en tourner les avantages contre lui-même.

Le Gouvernement du Roi, qui nous connaît, qui nous estime, qui nous plaint et nous aime, doit nous traiter à la fois avec autorité et affection, avec fermeté et indulgence ; il doit écarter le plus qu'il lui est possible de nos entraves et de nos peines, mais il doit nous entraîner par son exemple, et, s'il le faut, nous contraindre par sa puissance, à supporter paisiblement les souffrances dont il ne peut encore nous délivrer. Nous ne pourrions que les aggraver horriblement, si nous échappions à sa vigilance,

Et comme, dans la vie d'un être à la fois souffrant et énergique, il y a nécessairement grande mobilité de sentimens, grande instabilité de dispositions physiques et morales, le Gouvernement doit avoir deux pensées, l'une mobile, transitoire, qui nous suive avec flexibilité dans notre instabilité, dans nos divagations ; l'autre positive, grave, fortement conçue, qui, pour l'avenir, soit le type d'une législation permanente, d'une imposante constitution.

En ce moment, cette constitution peut se préparer dans nos idées, dans nos habitudes ; mais son exécution entière et définitive doit être différée jusques à l'époque où nous aurons pris l'essor nécessaire à notre activité, à notre industrie, à nos lumières, par conséquent à notre santé politique, à notre tranquillité.

Que le Gouvernement négocie en secret, et avec zèle, les moyens extérieurs d'amener cette époque si désirable ; mais que, en attendant les fruits du concours auquel se prêteront, sans doute, tous les Gouvernemens de notre hémisphère, il tienne sans faiblesse, sans négligence, les rênes du pouvoir.

Un malade, généreux par caractère, pour cette raison même, impatient, irritable, susceptible d'agitation, d'imprudence, de désespoir, de délire, a besoin que son ami, que son médecin, soit, quand il le faut, imposant et sévère...

J'ai parlé avec franchise ; étranger à tous les partis, et, je le dis hautement, affranchi, par mon caractère, de toute séduction, autre que celle de ma conviction intime, j'ai exprimé toute ma pensée ; elle est simple ; j'ai le droit d'espérer qu'elle sera entendue, et qu'elle ne m'exposera point à de fausses interprétations. La voici, en termes précis :

Le Français, individuellement considéré, est digne de la liberté; il la réclame; le Roi veut qu'il la possède; mais le Peuple Français est comprimé par des circonstances extérieures; et cette compression pèse sur tous les individus, depuis le Roi jusques à l'artisan le plus obscur; c'est elle qui fait l'anxiété générale, anxiété qui se modifie, dans son caractère et sa force, au gré des divers intérêts et des diverses opinions.

L'hostilité est partout en France; chacun, dans la gêne universelle, s'en prend à ceux qui le pressent immédiatement; les factions naissent du besoin éprouvé, par les plus exigeans, d'augmenter leurs forces d'agression et leurs forces de résistance.

Donnez au Peuple Français la liberté de développement, fournissez-lui les moyens d'une extension brillante et inoffensive, et vous verrez la liberté intérieure, la liberté légale, constitutionnelle, naître sans efforts des lumières et des mœurs de ce Peuple généreux.

Mais, réciproquement, donnez au Peuple Français toute la liberté légale, constitutionnelle, avant d'avoir assuré l'exercice facile et inoffensif de son action de développement, et vous augmenterez, dans chaque individu, le désir et le besoin d'action.

Travaillez donc à mettre la situation exté-
rieure du Peuple Français en harmonie avec ses
penchans; mais, pendant tout le temps nécessaire au succès de votre zèle, retenez ses penchans; ne leur donnez pas une excitation funeste;
du sol entier de la France, vous feriez un volcan.

Je n'ajoute qu'un mot; je suis persuadé que
le Gouvernement Français, et tous les Gouvernemens de l'Europe, sont pénétrés de ces principes; c'est pour cela que, malgré tout le bruit
que j'entends, je n'ai point d'alarmes.

Français, vous vous calmerez; CELA FINIRA BIEN.

IMPRIMERIE DE DENUGON.

www.ingramcontent.com/pod-product-compliance
Ingram Content Group UK Ltd.
Pitfield, Milton Keynes, MK11 3LW, UK
UKHW022348120726
13694UKWH00004B/1750